Retold in both Spanish and English, the universally loved story *The Sleeping Beauty* will delight early readers and older learners alike while introducing them to the two languages. The striking illustrations give a new look to this classic tale, and the bilingual text makes it perfect for both home and classroom libraries.

⁓

Relatado en inglés y español, el universalmente conocido cuento de *La bella durmiente* deleitará tanto a quienes están comenzando a leer como a lectores avanzados, al mismo tiempo que los introducirá a los dos idiomas. Las bellas ilustraciones le dan una nueva vida a este cuento clásico. Por su texto bilingüe, este libro es perfecto para usar en el hogar o en bibliotecas escolares.

First published in the United States in 2003 by Chronicle Books LLC.

Adaptation © 1997 by Miquel Desclot.
Illustrations © 1997 by Christoph Abbrederis.
Spanish/English translation © 2003 by Chronicle Books LLC.
Originally published in Catalan in 1999 by La Galera, S.A. Editorial.
All rights reserved.

Spanish/English translation by SUR Editorial Group, Inc.
Book design by EunYoung Lee.
Typeset in Weiss and Handle Old Style.
Manufactured in China.

Library of Congress Cataloging-in-Publication Data
Desclot, Miquel.
[Sleeping Beauty. English & Spanish]
The Sleeping Beauty = La bella durmiente / adaptation by Miquel Desclot ; illustrated by Christoph Abbrederis.
p. cm.
ISBN-10: 0-8118-3913-3   ISBN-13: 978-0-8118-3913-6
I.   Title: Bella durmiente. II. Abbrederis, Christoph. III. Sleeping Beauty. English & Spanish IV. Title.
PZ74 .D44 2003
[Fic]–dc21
2002007788

Distributed in Canada by Raincoast Books
9050 Shaughnessy Street, Vancouver, British Columbia V6P 6E5

10 9 8 7 6 5 4

Chronicle Books LLC
85 Second Street, San Francisco, California 94105

www.chroniclekids.com

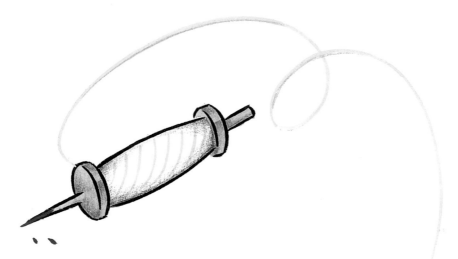

THE SLEEPING BEAUTY

LA BELLA DURMIENTE

ADAPTATION BY MIQUEL DESCLOT
ILLUSTRATED BY CHRISTOPH ABBREDERIS

chronicle books · san francisco

Once upon a time there were a king and queen who had no children. More than anything, they wanted a baby to brighten their lives. Then one day, just when they had given up hope, the queen announced that she was with child.

When their daughter was born, they held a great feast. Among the guests were all the fairies of the kingdom.

———

Había una vez un rey y una reina que no tenían hijos. Más que nada en el mundo, los reyes deseaban tener un bebé que alegrara sus días. Cuando ya habían probado todo y no esperaban nada, un buen día la reina anunció que estaba embarazada.

Al nacer la niña organizaron una gran fiesta. Entre los invitados estaban todas las hadas del reino.

On the day of the celebration, seven fairies of the kingdom were given a place of honor, a table with plates and tableware made of gold and covered in diamonds.

In the middle of the feast, there appeared an old fairy, whom everyone had thought was dead. Surprised, the king and queen offered her a place at the table of honor, but they could not give her plates and tableware of gold because they had ordered only seven sets. The old fairy muttered angrily.

—

El día de la celebración, las siete hadas del reino ocupaban el sitio de honor en el banquete: una mesa con platos y cubiertos de oro y diamantes.

En medio de la fiesta apareció un hada vieja a quien todos daban por muerta. Muy sorprendidos, los reyes le ofrecieron un sitio en la mesa de honor, pero no pudieron darle platos y cubiertos de oro porque sólo habían encargado siete. La vieja, enojada, empezó a refunfuñar entre dientes.

After dessert, the fairies rose to present their gifts to the little princess. The youngest fairy, who had heard the threats of the grouchy old fairy, hid behind a curtain.

The first fairy gave the princess the rarest beauty in the world.

The second gave her the wisest sense of judgment.

The third gave her the grace of an angel.

The fourth gave her the ability to dance like no other.

The fifth gave her the voice of a nightingale.

The sixth gave her mastery of all musical instruments.

Después de los postres, las hadas se levantaron para conceder sus dones a la princesita. La más joven, que había escuchado las amenazas del hada cascarrabias, se escondió detrás de una cortina.

La primera hada le concedió ser la muchacha más hermosa del mundo.

La segunda le concedió el juicio más sensato.

La tercera le concedió tener la gracia de un ángel.

La cuarta le concedió saber bailar como nadie.

La quinta le concedió cantar como un ruiseñor.

La sexta le concedió saber tocar cualquier instrumento.

When it was the angry old fairy's turn, everyone listened with their hearts in their mouths. And with good reason, because, in a bitter voice, the fairy said that one day the girl would prick her hand with a spindle and die.

The youngest fairy slipped from behind the curtain and exclaimed:

"Hey, I'm still here! Although I can't undo this curse, my gift will be that the girl shall not die when she pricks herself with the spindle. Rather, she will fall into a deep sleep that lasts a hundred years. At the end of that time, a prince will come and awaken her as if nothing had happened."

Cuando llegó el turno del hada cascarrabias, todos prestaron atención con el corazón en la boca. Y con razón, porque el hada dijo con agria voz que un día la niña se pincharía la mano con un huso de hilar y moriría.

El hada más joven surgió de entre las cortinas y exclamó:

—¡Eh, falto yo! Aunque no puedo deshacer la maldición, mi don es que la muchacha no morirá cuando se pinche con el huso, sino que quedará dormida en un profundo sueño de cien años. Y, al cabo de los cien años, el hijo de un rey vendrá a despertarla como si nada hubiera ocurrido.

The next day, the king ordered the burning of all the spindles in the realm, and he banned spinning. Thread would be bought from other lands.

The princess grew up lovely and happy, full of song and music, wise yet playful, and unaware that spindles even existed. She thought that thread for clothing was spun by the spiders in the garden.

Al día siguiente, el rey mandó quemar todos los husos que hubiera en el reino y prohibió que se hilara con huso. Ya comprarían hilo en otras tierras.

Así, la princesa creció hermosa y alegre, cantadora y musical, juiciosa y juguetona, sin saber siquiera que existieran los husos de hilar. Creía que los hilos de la ropa los hilaban las arañas del jardín.

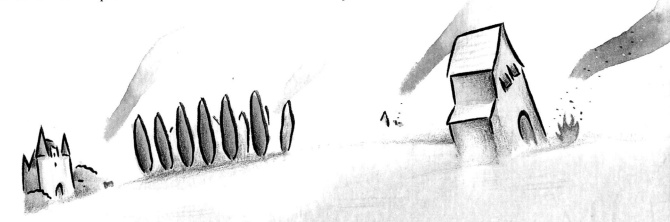

Years passed and one day, in a forgotten room of the castle, the princess met an old woman. Ignorant of the king's ban, the old woman was spinning thread.

"What are you doing, my good woman?" asked the princess.

"I'm spinning thread."

"And I thought only spiders spun thread! May I try?"

"Of course, my child."

But reaching for the spindle, the princess pricked herself and fainted.

~

Pasaron los años y, un día, en un cuarto olvidado del castillo, la princesa encontró a una viejita. Sin conocer la prohibición del rey, la anciana hilaba con un huso.

—¿Qué estás haciendo, abuelita? —preguntó la princesa.

—Estoy hilando.

—¡Y yo que creía que sólo hilaban las arañas! ¿Me dejas probar?

—Pues claro, hija.

Pero, al agarrar el huso, la princesa se pinchó la mano y se desmayó.

When the king and queen saw the princess asleep, they knew it was because of the old fairy's curse. All they could do was prepare for their daughter a comfortable bed in a good room, so that she might have the best dreams for the next one hundred years.

Once the room was ready, they dressed the princess in fine clothes and laid her down gently. Asleep in her bed, she looked like an angel.

———

Cuando los reyes vieron a la princesa dormida comprendieron que se había cumplido la predicción del hada vieja, y que lo único que podían hacer era prepararle una cama cómoda y una buena habitación para que tuviera los mejores sueños durante los próximos cien años.

Una vez que estuvo listo su dormitorio, vistieron de fiesta a la princesa y la acostaron dulcemente. Dormida en aquel lecho, parecía un ángel.

The king called the fairy who had saved the princess from death, so that she might approve of their preparations. The fairy knew that when the princess woke up she wouldn't know anyone, so she cast a similar spell on everyone in the castle, putting them all to sleep for a hundred years as well.

Then the fairy cast a spell so that a thick, high wall of tress and bushes grew about the castle, so that no one could enter and disturb the slumber of the sleeping beauty. Not even a rabbit would have dared to pass through that thicket!

~

El rey llamó al hada que había salvado a la princesa de la muerte para que diese la aprobación a los preparativos. El hada comprendió que cuando la princesa despertara no conocería a nadie, y tuvo la ocurrencia de encantar también a toda la gente del castillo para que durmieran cien años como ella.

Después el hada hizo crecer una espesa y alta muralla de árboles y arbustos alrededor del castillo, para que nadie entrara a estorbar el sueño de la bella durmiente. ¡Ni siquiera un conejo se habría atrevido a atravesar aquella espesura!

One hundred years later, a young prince from a nearby kingdom passed by the castle. The prince asked what was in the abandoned castle, and an old local man told him:

"My dear prince, when I was a boy, my grandfather told me that in that castle was an enchanted princess, who would only awaken when she was discovered by the prince who was destined to marry her."

The prince began walking toward the castle, and the thicket of shrubs, ivy and oak branches opened before him to let him pass.

~

Al cabo de cien años, pasó cerca del castillo un príncipe de un reino vecino. El muchacho preguntó qué había en ese castillo abandonado, y un viejito del lugar le dijo:

—Querido príncipe: cuando yo era niño, mi abuelo me contó que en ese castillo había una princesa encantada que sólo despertaría cuando la encontrara el príncipe que tenía que casarse con ella.

El príncipe comenzó a caminar hacia el castillo, y la maleza, la hiedra y el ramaje de las encinas se abrieron ante él para darle paso.

On the stairs, he found people sleeping as though they had been there for no more than an hour or two. He found the princess in her room, sleeping as sweetly as she had a hundred years before. He knelt by her side and took her hand.

The princess awoke and said, "Ah, my prince! How long it has taken you!"

Deeply in love, the prince and the princess spoke for hours while, one by one, the people of the castle awoke.

Por las escaleras, empezó a encontrar gente dormida, como si llevaran allí no más de un par de horas. En una habitación encontró a la princesa, que dormía dulcemente como cien años atrás. Se arrodilló a su lado y le tomó una mano. Entonces, la princesa despertó y dijo:

—¡Ah, mi príncipe! ¡Cuánto has tardado!

Profundamente enamorados, el príncipe y la princesa hablaron durante horas, mientras la gente del castillo iba despertando poco a poco.

The next day, the castle chaplain, who also had slept like a log for a hundred years, married them without delay. The princess wore the finest clothes from her wardrobe. The prince was so in love, he never dared tell her that they were more out of style than his grandmother's dresses!

The prince and princess loved each other dearly. However, before they became king and queen and lived happily ever after, they had to face some difficult trials. But that is a story for another day.

~

Al día siguiente el capellán del castillo, que también había dormido cien años como un tronco, los casó sin esperar a nadie. La princesa llevaba su mejor vestido. El príncipe estaba tan enamorado que no se atrevió a decirle que ese vestido estaba más pasado de moda que los de su abuela.

El príncipe y la princesa se amaron mucho. Pero antes de llegar a ser reyes, vivir felices y comer perdices tuvieron que pasar duras pruebas. Pero eso es una historia para contar en otro momento.

Also in this series:

Jack and the Beanstalk ✦ Little Red Riding Hood ✦ Cinderella
Goldilocks and the Three Bears ✦ The Little Mermaid

 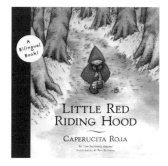 

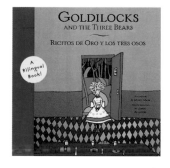 

También en esta serie:

Juan y los frijoles mágicos ✦ Caperucita Roja ✦ Cenicienta
Ricitos de Oro y los tres osos ✦ La sirenita

Christoph Abbrederis was born and lives in Austria, where he studied art history, graphic design and illustration. His artwork has been published in newspapers and magazines, and exhibited in the United States, Austria, Germany, Switzerland, and Belgium. He has received many international awards for his illustration and graphic design.

Christoph Abbrederis nació y vive en Austria. Allí estudió historia del arte, ilustración y diseño gráfico. Sus ilustraciones han sido publicadas en periódicos y revistas, y fueron exhibidas en Estados Unidos, Austria, Alemania, Suiza y Bélgica. Christoph Abbrederis ha recibido numerosos premios internacionales por sus ilustraciones y diseños gráficos.